Nach dem beliebten »Guerillas & Schmotter« legt Jens Rohrer nun sein neuestes Werk vor. Und dieses Mal wird es animalisch: »Albert Hammonds Otter«, eine Sammlung vergnüglicher Tiergedichte über faule Klippschliefer, blöde Biber, Hollywood-Orcas und viele andere possierliche Gesellen.

»Tiergedichte in bester Nonsens-Tradition ...« - Isabella Kreim

Jens Rohrer wurde als Findelkind im Wald von ein- er Dachsfamilie gefunden. Dort lebte er, bis er drei Jahre alt und zu groß für den Bau wurde. Beim Graben eines eigenen, größeren Heimes fand ihn eine Gruppe umherziehender Gaukler, die versuchte, ihm diverse Kunststücke beizubringen, die aber allesamt an seiner Ungeschicklichkeit scheiterten. Man setzte ihn in einem alten Bücherkarton auf der Donau aus. Mit dem darin enthaltenen Buch brachte er sich selbst Lesen und Schreiben bei, bis er in Tulcea im Donaudelta ankam. Dort lebte er als alter Fischer bis zu seinem zwölften Lebensjahr. Nach Aufenthalten in den Karpaten und dem bayerischen Wald kehrte er in die Heimat zurück. Er lebt und arbeitet in einer selbst gegrabenen Erdhöhle im Zucheringer Forst.

Jürgen Schulze (geb. 1962) Diplom-Ingenieur der Architektur und freischaffender Künstler aus Ingolstadt. Die Poesie des Augenblicks ist sicherlich ein Merkmal seiner Arbeiten. Seien es bespielbare Klangskulpturen oder reliefartige Gemälde, immer findet das Spontane, Unmittelbare seinen Weg in seine Arbeit. Schulze spart dabei nicht - nicht mit Material, auch nicht mit Emotion.

Jutta Drinda (geb. 1971), Diplom-Psychologin und Psychotherapeutin aus München, liebt Tiere und beobachtet und fotografiert diese am liebsten auf ihren Reisen in ferne Länder, aber auch in heimischen Gefilden und Zoos. Ihre zahlreichen Tierfotografien bringt sie gerne mit den von ihr geliebten Buntstiften und der Technik des Trompe-l'œil zu Papier.

Jens Rohrer

Albert Hammonds Otter

Tiergedichte

mit Illustrationen von Jutta Drinda & Jürgen Schulze

Bayerischer Poeten- & Belletristik-Verlag
Reichertshofen-Hög

Originalausgabe
1. Auflage
Oktober 2017

Umschlaggestaltung: Gerhard Trautmannsberger unter Verwendung von Illustrationen von Jutta Drinda und Jürgen Schulze
Lektorat: Dominik Neumayr & Gerhard Trautmannsberger
Satz: bp-Verlag
Text gesetzt aus der Fjord
Druck und Bindung: Sowa Druck, Piaseczno
Printed in Poland
ISBN 978-3-944000-22-0

> http://www.bp-verlagshaus.de

Für mein kleines Manati

Albert Hammonds Otter

Albert Hammonds Otter
liegt traurig auf dem Schotter

Die Fische treiben Bauch nach oben,
im Otter ist ein schweres Toben

Er hat ja gar nichts mehr zum Spielen,
wenn sie einfach ans Ufer spülen

Das Tier, es muss zwar nicht mehr jagen,
jedoch verdirbt es sich den Magen

Der Otter denkt: Verflucht, ich leide
und kotzt in eine Trauerweide

Das empfindet er als sehr beklemmend,
der Fischotter von Albert Hammond

Familienbande

Faul war er, der Klippschliefer,
wenn er nicht fressen tat, dann schlief er

Er wachte auf, tat einen Schniefer,
doch er verzog vor Graus den Kiefer

Denn es stank, so also rief er:
Wo kommt der verdammte Mief her!

Er sah sich um und sah nen Büffel,
von dort kam also dies Gemüffel

Der lag da nebenan im Schlamm,
der Schliefer schüttelt sich vor Gram

Denn ist mal so ein Rindvieh feucht,
ein Stinken in die Nase fleucht

Das schlimmer ist als nasser Hund,
da tat er seinen Unmut kund

Er plärrte rüber zu dem Ochs:
Suhl dich woanders, du Gesocks

Doch das Rind, es wollt nicht hören,
da musste er um Hilfe röhren

So rief er zu sich nen Verwandten,
er kannte da nen Elefanten

Und sein Freund der Elefant
löste die Sache elegant

Er tritt dem Büffel in die Seite
und legt ihm nahe: Such das Weite!

Sonst muss ich dich vielleicht noch töten,
so tat er zum dem Rindvieh tröten

Der sah das ein und schon lief er,
beglückt war er, der Klippschliefer

Er murmelte noch: „Vielen Dank“,
bevor er in den Schlaf versank

Der Traum vom Fliegen

Bert der Salamander
ist ziemlich durcheinander

Er wollt er wär ne Fledermaus,
so sieht er aber gar nicht aus

Er gehört doch zu den Echsen,
ach wenn ihm doch nur Flügel wächsen

Stattdessen robbt er sich durch Pfützen,
statt zu gleiten muss er schwitzen

der Wunsch ist also nachvollziehbar,
fliegen wär auch mir viel lieber

Rettung

Lachse haben es sehr schwer,
viele enden in nem Bär

Und so ein Fisch, ein ganz gescheiter,
dachte sich, so geht's nicht weiter

Wir haben's deshalb nur so schwer,
weil jeder ist ein Amateur

Wir brauchen wen zum Überleben,
man muss uns Hilfestellung geben

Mit Trainer und mit Sponsoring,
können wir wohl besser spring

Sie holten dann Pep Guardiola
und als Co den Jürgen Kohler

Jetzt sind sie auf den Punkt topfit,
ein Bär, der kommt da nicht mehr mit

Verwundert schaut da eine Brachse
Das sind ja alles Profi-Lachse!

Jutta Drinda 2017

Der Frosch

Der Frosch, der springt in hohem Bogen,
da kommt ein Storch herangeflogen

Der Vogel setzt sich in die Weiden,
Störche kann er gar nicht leiden

Um nicht als Mittagsmahl zu enden,
muss er sich hin zum Tümpel wenden

Schnell hinein und weggeschwommen,
fürs Erste ist der Frosch entkommen

Doch da nähert sich ein Hecht,
dem Armen wird vor Schreck ganz schlecht

Er wendet, schwimmt schnell aus dem Weiher,
doch da draußen steht ein Reiher

Er macht sich wieder auf die Beine
und schlüpft fix zwischen ein paar Steine

Als er sich in den Haufen parkt,
hat er schon fast nen Herzinfarkt

Dort schläft er vor Erschöpfung ein,
es ist nicht leicht, ein Frosch zu sein

Neid

Als ich im Zoo von Baku war,
da sah ich einen Jaguar

Der Arme guckte ganz verdrossen,
er war allein, ohn Artgenossen

Im Terrarium dort die Dame,
das ist eine Bartagame

Da ist's nicht wie bei andern Tieren,
die kann sich selbst reproduzieren

Die Katze macht ein gram Gesicht,
sich selbst befruchten kann sie nicht

Sie muss das halt so akzeptieren,
manchmal hilft nur onanieren

Unfair

Im Baum hängt das Dreizehnfaultier,
unter ihm spaziert ein Maultier

Das ruft den Baum hoch zu dem Ai:
Das ist ja schon ne Plackerei

Ständig muss ich etwas tragen
oder man spannt mich vor den Wagen

Als ich mich dann einmal sperrte,
gab's sogleich was mit der Gerte

Zum Essen gibt's nur trocknes Streu
und trotzdem bin ich ihnen treu

Ich war im Leben noch nicht froh
und bei dir, was machst du so?

Ich? Och nix

Schwitzehände

Balduin der Weißhandgibbon,
der litt an dem Schweißhandsyndrom

Drum hatten all die andren Affen
mit dem Armen nichts zu schaffen

Sie sagten es ihm auch ganz offen,
es war, weil seine Hände troffen

Und weil ihn jeder so sehr mied,
wurde er dann Eremit

Jutta Drinda 2017

Weihnachtsgedicht

Rudolf mit der roten Nase
hat Probleme mit der Blase

Selten kann er's Wasser halten
und durch die Temp'raturn die kalten,

fällt auf Erden - ach, oh weh -
vielerorts dann gelber Schnee

Fischereiordnung

Eines Tages dacht der Dachs,
mir wäre heute mal nach Lachs

Er suchte sich nen guten Platz,
wo es sich gut nach Lachsen hatzt

Dann bringt er sich in Position,
den ersten Fisch, er sieht ihn schon

Er greift ins Wasser ganz behende,
doch hat sein Jagen jäh ein Ende

Von hinten naht, er ahnt es schon,
der Bär und spricht in rüdem Ton

Was machst du hier an meinem Platze
und haut ihm kräftig auf die Tatze

Er sieht es dann auch sogleich ein,
für einen Kampf ist er zu klein

Und die Moral von dem Gedicht:
Lachse sind für Dachse nicht

Jutta Drinda 2017

Der Stein

Im Wald saß einst ein Eichelhäher,
da dröhnte los ein Rasenmäher

Das Dröhnen tat den Häher stören,
wie sonst nur der Hirsche röhren

der Häher sagte: „Ach, herrje“,
ich brauch ne zündende Idee

Er lud sich einen Schildkröt ein,
zu simulieren einen Stein

Immer näher kam`s Getös,
der Schildkröt war schon ganz nervös

Der Mäher, der fuhr einfach drüber,
das arme Tier, es war hinüber

Und die Moral von dem Gedicht:
Grüne Steine sieht man nicht

Gobi

Weit draußen in der Wüste Gobi
lebte einstmals der Yak Tobi

Er hatte Panik vor den Bergen,
drum lebt er hier jetzt unter Pferden

Er hat's versucht mit dem Gebirge,
doch das war ein recht Gewürge

Er tapst umher wie auf Eiern,
es ist nicht leicht im Himalaya

Zwar hatte er ein dichtes Fell,
doch trotzdem fror er ziemlich schnell

Anstrengend war es und zudem
bekam er Höhenangst und ein Ödem

Jetzt steht er hier und tut viel wettern
auf dieses echt saublöde Klettern

Jetzt aber Teich

Es war ein Morgen, ein ganz blasser,
da stand er und warf Brot ins Wasser

Er war ja schon ein alter Mann,
da gibt's nicht so viel, was man kann

Nur gab er da den einsam Rufer,
kein Tier kam zu ihm an das Ufer

Das lag daran, dass die Enten
um diese Zeit noch immer pennten

Genauso lag die Teichralle,
gemütlich noch in der Falle

Da war zwar noch ein Kormoran,
doch der sah grad nen Porno an

Die Gans im Schilf, die musste brüten
und rauchte dabei dicke Tüten

Gesellschaft leistet ihr der Reiher,
der war dann bald auch noch viel higher

Verliebt verfolgt der Höckerschwan
ganz hin und weg nen Tretbootkahn

Kein Fisch schnappte nach seinem Brot,
durch Überfischung warn sie tot

So sah er dann von seiner Bank
wie's unbemerkt zu Boden sank

Zu Hause dann tat er es twittern:
Ich geh nie wieder Enten füttern

Jutta Drinck 2017

Luftspiegelung

Es lebte einst ein kleiner Hase
in der Wüst in ner Oase

Ganz wunderbar so war es hier,
doch kam recht oft ein wild Getier

Wüstenfuchs, Skorpion und Schlange,
dem Armen wurd oft Angst und Bange

Seine Nas oft kreidebleich,
doch war er ziemlich einfallsreich

Er baute einen großen Spiegel,
dem vorzuschieben einen Riegel

Die Oase war nicht mehr zu sehn
der Mümmler ließ es sich gut gehn

Und so entstand ganz wunderbar
die erste Fata Morgana

Auftragsgorilla

Hildegard, der Berggorilla,
arbeitet als Auftragskiller

Sie tarnt sich meistens als Primaten
bei ihren vielen Attentaten

Für jeden Auftrag wählt der Affe
akkurat die beste Waffe

Eine ihrer Meucheltaten,
die tat sie drüben in den Staaten

Denn daselbst da sollte sie
ermorden John F. Kennedy

Lee Harvey Oswald war nicht da,
der Täter kam aus Uganda

Gelöst ist das Mysterium,
ein Affe bracht den Präsi um

Danach ging sie noch schnell aufs Klo
und versteckt sich dann im Zoo

Und so fand kein Bodyguard
unsre kluge Hildegard

Wer gab den Auftrag und weswegen,
darüber wird sie wohl nicht reden

Denn für nen guten Bösewicht
ist Schweigsamkeit die höchste Pflicht

Zufrieden putzt sie ihre Waffe,
der erste Assasinen-Affe

Jutta Drinda 2017

Ochsenweihnacht

In einem Stall in Bethlehem
hattens zwei Tiere sehr bequem

Ochs und Esel wohnen dort,
doch einer klagt in einem fort

Der Ochs, er findet keine Ruh,
der Esel, er schnarcht immerzu

Er wälzt sich hin, er wälzt sich her,
die Lautstärke missfällt ihm sehr

Als endlich gibt der Esel Ruhe,
da klappern draußen plötzlich Schuhe

Ein Paar, das stößt die Türe auf
und schlägt im Stall sein Lager auf

Dem armen Ochs wird immer banger,
denn die Frau ist auch noch schwanger

Versucht zu schlafen, doch nicht lang,
da fängt die Frau zu schreien an

Was tut's ihm auf die Nerven gehen:
Jetzt hat die Alte auch noch Wehen

Der Wurf passiert nicht irgendwo,
sie liegt in seinem besten Stroh

Blut und Schmodder tut sie pressen,
verdammt, das wollte er noch fressen

Da flutscht der Frau ein Kind heraus
und mit dem Lärm ist's endlich aus

Die Geburt, sie ist vorbei,
da zerreißt die Still ein Schrei

Ein grauslich Kreischen, Plärren, Röhren,
das tut nun seine Ruhe stören

Das Balg gibt einfach keine Ruh,
der Ochs, er tut kein Auge zu

Als er den Schlaf erst morgens fand,
da kommt Besuch vom Morgenland

Obwohl der Ochs fast nicht mehr kann,
beten sie laut den Heiland an

Dieses Gepreise der drei König,
auch dieses stört das Rind nicht wenig

Und die Gefäß mit Weihrauch, Myrrhe
machen ein fürchterlich Geklirre

Dazu stoßen auch noch Hirten,
inzwischen zählte er den vierten

Ohn Unterlass da tun sie Huld,
da reißt dem Ochsen die Geduld

Er macht es dann und nicht nur droht es,
verpfeift die Bande bei Herodes

Die Eindringlinge müssen fliehen,
der Ochs lässt sie nur gerne ziehen

Er kann sein Glück noch kaum begreifen,
als sie den Esel rauswärts schleifen

Und so reiten Mann, Frau, Kind
auf dem Esel fort geschwind

So kehrt im Stall dann Ruhe ein,
der Ochs, er schläft zufrieden ein

Tiere im Gebirge - ein Zyklus

Jutta Drinda 2017

Himalaya

Der Tiger sprach zum Himalaya:
Du gehst mir ziemlich auf die Eier!
Deine Hänge sind so steil,
das find ich überhaupt nicht geil

Drauf das Gebirg zum Tiger:
Was soll nun das schon wieder?
Geh doch im Tale pirschen,
da gibt's auch viel mehr Hirschen

Jutta Drinck 2017

Rocky Mountains (in Mundart vorzulesen)

Der Puma sagte zu den Rockies:
Oiso dann, i glaub, jetzt pock is

Drauf die Rockies zu dem Puma:
Dann brauchst ma gar ned wieder kumma

Pyrenäen

Es sprachen einst die Pyrenäen
zu einem großen Schwarme Krähen:
Ihr tut mir auf die Gipfel koten,
haut bloß ab ihr Idioten

Hör du doch auf, mich zu belehren,
ich kann mich, wo ich will, entleeren,
sprach sogleich eine der Krähen
und tat auch schon das Arschloch blähen

Alpen

Hoch dort oben in den Alpen,
wo Gletscher und das Gamswild kalben

Der Lyriker gerät ins Schwitzen,
heißt es bei Gemsen denn nicht kitzen?

Dem Reim muss meine Sorge gelten
und wenns mir passt, nenn ich sie Welpen

Jutta Drinda 20

Ayers Rock

Eines Tags tat ich sinnieren,
können Dingos apportieren?

Ich ging mir einen Flug dann buchen,
um mir nen Dingo wo zu suchen

Und wirklich, bei dem roten Felsen
ein Dingo tat im Staub sich wälzen

Ich warf den Ast in hohem Bogen,
das Tier, es war sehr gut erzogen

Denn, siehe da am Ayers Rock,
bracht der Dingo mir den Stock

Anden

Berta, die Alpakerin,
das war ne wilde Rackerin

Und auch der Alpaka Peter
war ein rechter Schwerenöter

Alpaka sah Alpakerin
und strich ihr sanft über das Kinn

Worauf sie sich dann lustvoll wanden,
hoch dort oben in den Anden

Appalachen

Mitten in den Appalachen
lässt's der Steinbock mächtig krachen

Er zwitschert einen Enzian,
das heizt ihn dann so richtig an

Auf Walker hat er keinen Bock
drum klaut er ihnen oft den Stock

Vorm Bau des Murmeltierverein
postiert er listig einen Stein

Das Nest des Adlers, es ist krank,
nennt er statt des Horsts jetzt Frank

Er springt umher zwischen den Steinen,
doch im Rausch verfehlt er einen

Und dort am Fuß der Appalachen
tat er dann zu Boden krachen

Damit sich die Moral auch reimt,
sagt man dann: „Don't drink and climb"

Weltmären - ein Zyklus

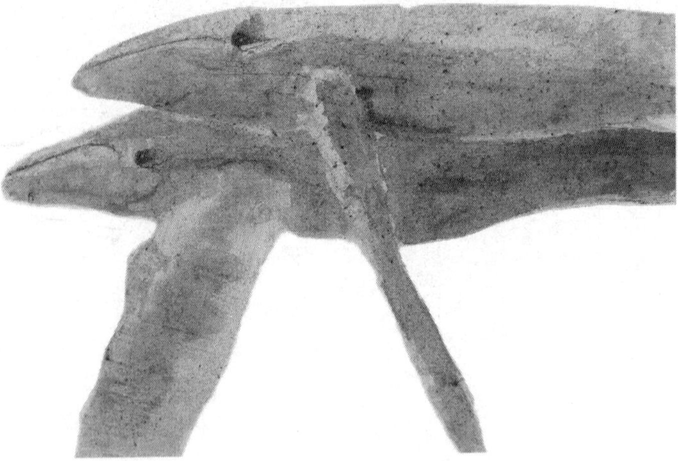

Atlantik

Im Ozean Atlantikum,
da schwimmt ein Buckelwal herum

Delphinen gilt er als debil,
weil er ins kalte Nordmeer will

Doch da oben gibt es Krill,
das ist es, was er fressen will

Den zieht er sich dann durch die Barten,
ein Zahnwal hat da schlechte Karten

Das Schnatterpack es insistiert,
das er was anderes probiert

Iss doch lieber mal Makrelen,
musst dich nicht zum Nordpol quälen

Quälen tut nur dies Geschnatter,
leckt mich doch, ich mach die Flatter

Jutta Drinda 2017

Indischer Ozean

Im Ozean, dem Indischen,
tut Gupta heut bei Wind fischen

Ein Seepferd hängt schnell an der Rute,
es ist ne kapitale Stute

Es entbrennt dann ein Gerangel,
das Seepferd zieht fest an der Angel

Die Rute ist schon sehr am Biegen,
wer wird in diesem Kampf wohl siegen?

Ein Bocken, Zerren, Kämpfen, Flitzen,
der Fischer kommt ganz schön ins Schwitzen

Es reißt ihm dann die Schnur, dann kuckt er
bedröppelt drein, der arme Gupta

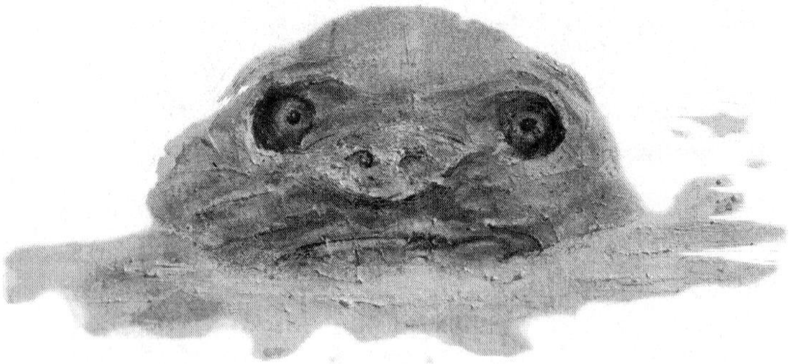

Gelbes Meer

Im Gelben Meer vor Fukushima
Geht's den Tieren immer schlimmer

Auf dem Wasser schwimmen Blasen,
die Krebse haben Metastasen

Hat der Clownfisch nen Tumor,
verliert auch dieser den Humor

Die Hummerin will keinen Sex,
sie hat Gebärmutterhalskrebs

Das Wasser voller Cäsium,
das haut den stärksten Blauwal um

Der Oktopus, der wirklich Arme,
hat auf einmal sechzehn Arme

Lustig ist's da wirklich nicht,
denn die Delphine haben Gicht

Der Zwergwal hat, man ahnt es schon,
ein schweres Dickdarmkarzinom

dem Thunfisch tun die Flossen weh
auf Grund des blöden AKW

Und auch viele andre Tiere
haben verschiedene Geschwüre

Und die Menschen? Nun, die Toren
baun flugs nen neuen Reaktoren

Pazifik

Im Pazifik, da ist nicht viel los,
schon gar nicht auf Galapagos

Dort lebte einstmals Lonesome George,
doch der war überhaupt nicht forsch

Kein Weibchen kam, wenn er es rief,
drum wurde Georgie depressiv

Er war der letzte seiner Art,
das Leben, es war furchtbar hart

Ach, was eine Mitschildkröte
doch für ein schönes Bild böte

Er will was anderes zu begatten
Vögel, Steine, Bäume, Ratten

Doch lernt er dabei ganz verdrossen,
zum Sex taugen nur Artgenossen

Und weil es nichts gab zu umwerben,
beschloss er einfach auszusterben

Karibik

In der Karibik traf so manches Schiff,
auf Piraten, Sandbank oder Riff

Und es versank dann in den Wogen
hinunter auf den Meeresboden

Dort zwischen Seegras und Kanonen,
dort tut das Manati wohnen

Als es gemütlich wiederkäute,
es kaum seinen Augen träute

Denn unten dort verstreut im Sand,
da lag so allerhand an Tand

Pokale, Truhn, Dublonen, Gold,
das Glück, es war der Seekuh hold

Denn an seinem Weideplatz
fand das Manati einen Schatz

Jutta Drinck 2017

Mittelmeer

Es war einmal ein Blauwalheer,
das wollte mal ins Mittelmeer

An Gibraltars Meeresenge
herrschte dann ein groß Gedränge

Jeder wollt als Erster rein,
doch war die Straße viel zu klein

So war mit Walen, Kopf an Kopf,
die Straß von Gibraltar verstopft

Nordpolarmeer

Ein Orca ging nach Hollywood,
das fand der Tierschutz gar nicht gut.
So setzt man Willy wieder aus,
dem armen Wal ist es ein Graus

Jetzt muss er Nahrung selber fangen,
Willy fühlt sich hintergangen.
Sein Jagdtrieb, der ist längst hinüber,
die andern Orcas lachen drüber

Gemütlich hatte er's dort drüben,
jetzt muss er wieder jagen üben.
Ja, Robben haben Protein,
doch Willi will sein Kokain

Die Freiheit tut ihm gar nicht gut,
er will zurück nach Hollywood.
Er sehnt sich nach den Filmdreh-Zeiten,
Willy plärrt: Ich kann so nicht arbeiten!

Filmstar a.D. - noch ein Zyklus

Jutta Drinda 2017

Lassie

Irgendwann spielt jeder Collie
einmal seine letzte Rolle

Doch als Lassie einst verschwand.
hat er noch nicht abgedankt

Auf Promoreise in Fernosten
ging er seinem Team verlosten

Und verschifft dann mit dem Kutter
zu ner Fabrik für Hundefutter

Die Dosen wurden dann für Geld
exportiert in alle Welt

Und so kam's, so wurde Lassie
für seinen Nachfolger zum Fressi

Jutta Drinda 2017

Black Beauty

So ist das mit dem Schiffscontainer,
wenn falsch beschriftet, hilft dir keener

Und so landete Black Beauty
statt in New York dann in Dschibuti

Die Leut dort konnten's nicht begreifen,
da war ein Zebra ohne Streifen

Niemand wollt sich um ihn kümmern,
er lag herum und tat viel wimmern

Immer seltner, dass er kroch
zu dem dreck'gen Wasserloch

In Hollywood bekam er Sprudel,
doch jetzt fraß ihn ein Löwenrudel

Flipper

Die Ozeane sind sehr tief
und Flipper promiskuitiv

Er nimmt alles, was da fleucht,
egal, wie sehr der Taucher keucht

Sogar in einen Buckelwal
versenkt er mal sein Genital

Und so kam es, dass dann Flipper
erkrankte an nem schlimmen Tripper

Später kam es noch ganz fies
und er verstarb an Syphilis

Abbildungsverzeichnis:

Covermotiv, Otter (S. 6), Salamander (S. 12), Bär (S. 16), Bartagame (S. 20), Faultier (S. 22 oben), Gibbon (S. 24), Dachs (S. 28), Enten (S. 34), Gorilla (S. 40), Krähe (S. 54), Gemse (S. 56), Alpakas (S. 60), Buckelwale (S. 66), Mutant (S. 70), Lonesome George (S. 74), Manati (S. 76), Orca (S. 80) und Flipper (S. 88) allesamt von Jürgen Schulze

Backcover, Klippschliefer (S. 8), Biber (S. 14), Frosch (S. 18), Faultier (S. 22 unten), Rentier & Rohrer (S. 26), Schildkröte (S. 30), Yak (S. 32), Hase (S. 38), Ochse (S. 44), Tiger (S. 50), Puma (S. 52), Dingo (S. 58), Steinbock (S. 62), Seepferdchen (S. 68), Blauwal (S. 78), Lassie (S. 84) und Black Beauty (S. 86) allesamt von Jutta Drinda

Jens Rohrer
Guerillas & Schmotter
Satire | 138 Seiten
ISBN 978-3-944000-13-8

Satirische Kurzgeschichten, ironisch, absurd, skurril. Mit geschärftem Blick für die Realitäten und das eigene Selbst blickt er hinter Fassaden, was meist komisch ist, aber auf den zweiten Blick auch nicht selten nachdenklich stimmt.

So muss ein in »Einfluss am Abfluss« einen Handwerker in seine Wohnung lassen und stellt bei sich einen ganzen Katalog von Vorurteilen und Unsicherheiten fest und in »Mordspläne« wird er auf höchst amüsante Weise mit seiner Equinophobie konfrontiert. Krankheiten und Phobien macht er auch in »Krankheit als Weg« zum Thema. Als Hypochonder sucht er eine Krankheit, die so richtig zu ihm passt und die gleichzeitig literarische Vorbilder heimgesucht hat. Man kann ja nicht einfach so vor sich hinkranken.

Auch seine Heimatstadt macht er zum Thema. Etwa in der Erzählung »Motor City« in der Elfen zwei Einwohner der Autostädte Detroit und Ingolstadt vertauschen. In »Darf man das« gibt er einen Einblick in seine Aktionen als Literatur-Guerilla und in »4512« reist er 2500 Jahre in die Zukunft und stellt fest, dass sich in Ingolstadt so arg viel gar nicht verändert hat …

Dominik Neumayr
Geschichtenerzähler
Erzählungen | 222 Seiten
ISBN 978-3-944000-17-6

Ein Banker in der Krise, die jedoch nicht nur auf ihn, seine Familie und seinen Arbeitgeber Auswirkungen hat, sondern noch viel weiter reicht. Einer seiner Söhne kommt vom Auslandseinsatz in ein völlig verändertes Leben zurück, der andere ist krank und seine Tochter überfordert die neue Situation. Während Hans nun über die Fehler seiner Vergangenheit nachdenkt, erfüllt sich einer seiner ehemaligen Kollegen einen lang gehegten Traum.

Der Geschichtenerzähler verfolgt das Schicksal seiner Figuren über einen langen Zeitraum hinweg. Wir begegnen einzelnen Personen wieder und erfahren, wie sich ihr Leben in der Zwischenzeit teilweise dramatisch verändert und ineinander verflochten hat.

Gerhard Trautmannsberger
Ruhepol
Stories | 230 Seiten
ISBN 978-3-944000-12-1

13 Geschichten zwischen Menschen und ihren Befindlichkeiten. 13 Geschichten von ihren Beziehungen, ihren Träumen, Ängsten und Wünschen.

13 Geschichten zwischen Liebe und Einsamkeit, vom Schaffen und Scheitern, von Hoffnung und Verzweiflung.

13 Geschichten, die zwischen den Extremen pendeln und uns so auf unsere innere Mitte zurückführen: auf unseren Ruhepol.

Mit 13 Illustrationen von Carina Böll.

»Überzeugt einmal mehr durch stilistische Reife und ausgeklügelte Personenporträts.«

– Barbara Fröhlich, Donaukurier

Pascal Simon (Hrsg.)
Königlich Bayerische Slam-Anthologie
Poetry Slam | 184 Seiten
ISBN 978-3-944000-18-3

Kaum ein Literaturgenre wird so von der Jugend geprägt wie Poetry Slam. Die Themen sind oft brandaktuell und treffen präzise den Nerv der Zeit. Text und Performance sind Ausdruck dessen, was den Autoren auf dem Herzen brennt und endlich hinaus muss. Nirgends wird das »Sich-etwas-von-der-Seele-reden« so intensiv betrieben wie beim Dichterwettstreit der Moderne. Wer schon einmal eine solche Veranstaltung besucht hat, kennt die knisternde Atmosphäre, die dabei allein durch das gesprochene Wort erzeugt werden kann. Doch so schön diese Abende auch sein mögen – sie sind vergänglich. Deswegen ist dieses Buch der Versuch, jenen Zeitgeist einzufangen, der von so vielen jungen Autoren auf der Bühne gelebt wird.